金の星

KIN NO HOSHI ＊ Takamori Yuka

鷹森由香詩集

ふらんす堂

金の星　目次

I

Ⅱ

Ⅲ

詩集　金の星

I

金の星　──みどりごがうちにきて

ねむっているのに
ほほえんで
部屋の空気がまったりして
夕べの
ねむの花の瞼のように
おもくなる

ゆりかごの
夢にそまって

それは　それは
とても単純
宇宙の呼吸《いき》と合わさって

ねむっているのに
ほほえんで
（新生児微笑というそうだ）
ね
どこからきたの
ね
どこいくの

いのちの深いながれの底で
小さいかみさまねむっている

ほほえんでいる

そして
みんな　ねむくなる
とおい　とおい　星のゆめをみる
旅してきた金の星のゆめをみる

Half Birthday のすみれへ

おぼつかない声でかぼそく
　マンマ
涙がまざって
　マンマ

歯の生えかけたバラ色の口もと
甘えるように
ささやくように
　マンマ

この世のかなしみを知らず
首をすっくとあげ
スフィンクスのように誇らしく
　マンマ

ばんざいのかたちに
両手をあげて眠っている幼子よ
わかっているのか　いないのか
空を見上げて
　マンマ
雲が浮かんで

世界に向かって
母を呼びなさい
守るもののできた若い母が
わたしの娘が
両手をいっぱいにひろげあなたを抱きしめるだろう
見たこともないくらい
やさしい眼をして

かつて私が
また私の母がそうしたように

ちいさなホモルーデンス

高速のハイハイで　私の後ろへ
　すみれ　かくれてるつもりみたいやねん　娘が言う
　あれ？　ちゅみちゃんいないよ
　どこいったの？　とおおげさに騒ぐと
小さな掌が背なかをポンとたたいて
　　ばぁ　満面の笑み

おむつでハイハイ
伝い歩きしても　眠くなったら泣き出して

無心にミルクを飲んでいる
この十か月の赤ちゃんが
もう悪戯心いっぱい
かくれんぼしたくて遊んでいるなんて

人生はいつも不意打ち
背をポンとたたいて
いないいないばぁと顔を出すのは
親しい友だったり
途方もない夢や　苦い後悔だったり
突然　恋に落ちたり　家族との別れもあって

でもね
人生はワクワクの連続

子どものとき　青春のとき
母になったとき　色々あるけど
絶望したと思ってもいつか乗り越えられるよ
自分次第で何とかなるから

遊んでくださいね
精一杯の人生
人生は詩に満ちているの
わたしのちいさなホモルーデンス

イヤイヤ期

すみれ　こんなにちいさいのに拗ねてるんよ　娘がいう
親子リトミック教室の見学会で　先生の説明をきいていたほんの一瞬
足元で遊んでいたはずの一歳半のすみれがいなくなり
あわてて探すと、勝手に部屋の外に出て階段をはいはいで登っていたという

えー悪い子やね
ちゅみちゃんあかんよ　というと
　アカン　と小さい声で真似をしている
ひとりでどっかいったら危ないからダメ　わかった?というと

娘の膝の上で　指を吸って下を向いている
そして蚊の鳴くような声で
　　ワカタ
ごちそうさまのように　手のひらを合わせ
　　ピッ　おしまい　という
　　言われたくないんだ　娘と笑った

　　そういえば　最近　ヤダヤダ言ってるね
この間までミルクを飲んだり　眠ったり
泣いたり　笑ったり　つぼみみたいな赤ちゃんだったのに

育児書によると
イヤイヤ期は自我の芽生え　とある
他者の存在の気づきがその第一歩とも

すみれちゃん
パパやママが自分と別の存在だって気づいたのね
あなたを取り巻く遥かな世界がおぼろげに見えてきたのかな?

いたずらっぽい目をしてカーテンに隠れているけど
あなたの人生はこれから
いっぱい　出会って　葛藤して　泣いて笑って　成長してくださいね

いつかひとりで歩いていくために

じゅんばんばん

一歳半の孫のすみれ
じゅんばんばん　と言われると泣き出すらしい

世界は魅力にあふれていて
たとえば
幼児教室の先生がクリスマス模様の折り紙を配られるとき
公園でブランコが楽しげに揺れているとき
プールの端っこにポツンと赤い浮き輪が置かれているとき
駆けていくと　もうそこにはだれか小さなお友達が並んでいて

並ぶことも知らないすみれは
　すみれちゃん　じゅんばんばんよ

お外に出るとじゅんばんばん
　　おともだちいやー
　　じゅんばんばんいやー
それを聞いた上の娘しおりは
あーあ　ちびちゃんもひとの世の世知辛さに気づいてしまったか　と笑う

人生は順番番
いくら待っても
いくら努力しても
いくら好きになっても　順番すら回ってこないことさえある
また病に倒れたり　愛する家族との別れもある

でもね
すみれちゃん大丈夫よ
思いがけない出会いや喜びも　順番こに
いっぱいいいっぱい訪れてくれるよ

すみれの母のあづさは言う
おともだちいやーって言ってるけどね
じゅんばんばんのおともだちは?って探してる時もあるのよ

じゅんばんばん……NHKの幼児番組「いないいないばあっ！」中の歌

こひつじさん

九月から、すみれと　こひつじさん行くねん
娘が嬉しそうにいう
こひつじさんは幼児教室
娘のあづさが　幼い頃通っていた

数日後、どうだった?と尋ねると
大変だったよ
まず早く着きすぎて、入口のベビーベッドでネンネしちゃって
起きたら園庭の水たまりに座ってお尻びしょびしょになって

先生にお着替え借りてね、
レトロなクマちゃん模様のブルマと赤いTシャツ、先生が選んでくれたの
本当はお洒落してよそ行きのピンクのワンピース着せてたんだけど
なんかこっちのほうがよく似合うみたい
先生たちも　わぁかわいいって褒めてくれてね
でもそのあと　うんち出ちゃった
でもね　ちゅみちゃんすごく楽しそうで
最後は　ウサギのダンス踊って、
手作りの指人形でバイバイしてもらって
ご機嫌でバイバイして
今、つかれてお昼寝してる
　よかったね
　ちゅみちゃん赤ちゃん丸出しやね
そうやねん

いいかっこできないわ
　あっちゃん　クリスマスの生誕劇の時、
　お星さまの役したの覚えてる？
　　金色のお星さま　頭に飾って、すごくはしゃいでたよ
ほんとうにあれから二十七年
うちのこひつじが
自分のこひつじをつれて
こひつじさんに行くなんて

人生は時折こんな贈り物を用意してくれます

Why phase

もうすぐ三歳になる孫のすみれ
近頃　なんで？を連発している

庭木に虫が這っているのを見て　なんで？
落葉をひろって　なんで？
木枯らしが吹いて　なんで？

幼児教室のクリスマス会
サンタクロースにプレゼントを頂いて　ありがとう！
でもサンタさんについて回って　なんで？が止まらず

最後は先生のお膝で抱っこされ　ご機嫌だったという
Why phase《なぜなぜ期》は幼児が外の世界に目を向けはじめる
三歳から五歳くらいの間に出現するらしい

なんで冬は寒いの？
なんでお空は青いの？
なんでおばあちゃんはおばあちゃんなの？

果てしなく　なんで？は続き
　さあ　どうしてだろうね……

こんなにも世界は知りたいことに満ち
その光に満ちた窓を　私たちは傍らでそっと見つめる

出会い

さくらの花びらが風に舞うと
　ちょうちょ
カーテンに映る葉影が揺れ
　ちょうちょ

かたことの幼子の
宇宙は夢があふれんばかり
黒い大きなアルパカを見て

にゃんにゃん
もじゃもじゃ毛の羊を見て
　にゃんにゃん

羊が野太い声でメェーと鳴くと
こわくなって大きな声でエーンと泣き出す

すみれちゃん
あなたは今まさに
世界と出会っているのね
混沌とした想念が言葉となり
現実と結びついて
はじめて
世界は鮮やかな輪郭を露わにするでしょう

可愛い動物や
きれいな花やちょうちょ
歌や絵本
そしてあなたを愛するひとたちと出会い
すくすくと育ってくださいね

あなたのママは胸がキュンキュンするんだって
あなたと出会ってからずっと

Ⅱ

一日だけ

もしも
一日だけ過去にもどれるとしたら
あなたはどの日をえらびますか？
神さまに問われたら
私は何と答えよう

幼ながが両腕にまとわりつき
賑やかだった家族のピクニックの日
不安と喜びでいっぱいだった

白いドレスの花嫁の日
愛するひとに出逢った特別な日
はじめての一人旅でヨーロッパの空港に降り立ち
期待と心細さに震えた日
甘酸っぱいエピソードに彩られ
友人と笑いさざめいた青い檸檬のような青春の日

思い出は
泉のように胸いっぱい湧きあがるけれど

やはり私は
両親が若く元気で
私と妹が小学生だったころ
たとえば　なんの変哲もない日曜日の晴れた朝

小さなリビングに父のレコードが流れ
エプロンの母がパンを焼き　目玉焼きと果物が並んだ食卓
ミルクをのみながら
　今日はみんなでおでかけ？なんて尋ねたりして
宿題くらいしか心配事もなく
父と母にすべてをゆだね
のほほんと生きていた
あの平凡な日にもどりたい

病床に眠る父と母も一緒に
神さまかなえてくれますか

Uhtua　―父の皿―

五月の晴れやかな朝
一時帰宅の母と朝食を食べている
花みずきのない実家の庭に初夏の光が眩しい

ブルーグレイと薄茶の縁取りの皿に
卵や果物　サラダを盛り
母の喜ぶ甘いパンを添えて
（母は施設に入ってから、甘いものが好きになった）

ずいぶん前に父に譲られたこの皿たち
民藝の和食器や漆器ともしっくりとなじみ
私はようやく控えめなこの皿の良さがわかるようになった

皿の裏側にメーカーの名はあるが
店頭で見たことはない
調べると1975～81にかけてフィンランドで作られていた
ウートゥアというシリーズと分かった
父は四十代半ばで　この皿を買い求めたことになる
たぶん海外出張の折に

ウートゥアは
湖の意味だという
ブルーグレイの縁取りは湖水の波紋だったのだ

入院してもう十一年になる父は
真面目で控えめなひとだった
病院のベッドでどんな夢を見ているのだろう

北欧の弱い陽ざし
深い森に抱かれた
しずかな湖

Books

小学生だったころ
私の本棚は賑やかだった

エルマーのぼうけん、かぎのない箱、ちいさいおうち
ハイジ、小公女、ドリトル先生
ライオンと魔女、銀河鉄道の夜、そして星の王子さま

学校から帰ったら、ピアノのお稽古もそこそこに
夢中で繰り返し読みふけった

そのころ四十代だった父が
勤め帰りに本屋に寄ってては買ってくれた本たちだった

物語を読み終えるのが残念で
ある日　尋ねたことがある
　パパ　終わらない本ってないの？
すると夕食中だった父は向き直り
なぜかしんとした口調で静かに答えた
　　終わらない本は人生だけなんだよ

小学生の私は幼くて意味が分からなかったが
だから今　私はこうして詩を書いているのではないか
ささやかな人生を父に読んでもらうために

私のふるさと

ママ開けて　鍵開けて
チャイムを鳴らしても　電話をかけても　応答なく　庭にまわって叫ぶ
　たすけて　起きられへんの
閉まった雨戸の向こうから弱々しい声が聞こえた
　開けてくれないとたすけられへんよ　と言っても
　　ここどこ？京都の家？　とらちが明かないので
業者に頼んで戸を開けてもらった
父が入院して九年　普通に一人で暮らしていたけど　面会には行けなくなってい
た

三日ほど前からどこかおかしく水分をちゃんと摂るように言い聞かせ
今日こそお医者さんに連れて行こうと　末の娘と訪れた朝の出来事だった

うちの中に走って入ると　エアコンのかかっていないリビングの窓のそば
母はパジャマでうつぶせに倒れていた
私の中で何かが壊れた気がした
起こそうとしても　痛い痛いと悲鳴のような声を出すので
救急車を呼んだ

救急救命士の方が三人すぐに来てくれた
深夜倒れてからずっとそのままの姿勢だったようで　褥瘡ができかかっていた
娘に手伝ってもらって濡れたパジャマを着替えさせたが
皆控えている中での着替えだったので　母は　ひどいわ　と涙ぐんだ

娘に麦茶を一口飲ませてもらって
行く先の病院が決まるまで皆に労られながら色々質問され
母は担架にぺたんと坐って　なんだか嬉しそうだった
　きのう夕食　食べた？
　知らない人がきて連れていかれたから食べられなかったんよ
　朝からなんか木いっぱい生えてるとこで式典あってね
　あれなんやったんやろ
そして　娘に小さい声でかわいく言った
　トイレ連れて行ってくれへんかったね、それだけは覚えとくわ
運ばれた病院で母は熱中症という見立てだったが　体のあちこちが傷んでいるそうだった
　おばあちゃんって小鳥みたいやね　娘が言った
そうやね　もうがんばらなくていいって神さまが思ったんかな　と答えながら

でもねあなたの懐の中にしか私のふるさとはありません　心の中でそっとつぶやいた

夢の中で

おとうさん元気そうやったよ
　いつ会ったん？
今朝　来てはったよ
母は施設の自室に父が毎日来るという
　なんか言ってた？
それがね　黙ってこっちみてはったけど
もう一回みたらいなくなってたんよ
父はもう五年　別の病院に入院している

夢と違うの?

施設の職員の説明では、
毎朝　母は父の話をしているらしく
　買い物いけないから、
　お父さんに朝食の支度してあげて　などと言っているそうだ
仲の良い夫婦でいつも一緒だった

　最近少しおかしいので
私は　施設の人と話しているが
本当なのでは?と思い始めている
コロナでままならないこの世だけれど
父と母は本当に会っているのではないか

不自由な体を脱ぎ捨て
夢の中で
ふたり

陽の当たる庭

月に一度の母の帰宅
二泊三日を実家で過ごす
懐かしい昭和の家で
一緒に食事をし　テレビを見
とりとめない思い出話をし
雨戸をたたく風音を聴いていると
小さな旅をしているようだ

食事のあと　母がうとうとすると

静かに片付ける
　タイル一枚ずつ拭いていたからきれいやろ　と母のいう
台所周りを丁寧に拭いたり
父がこつこつ集めた民藝の器をそっとしまう
埃が溜まっていたが
最小限のものがきちんと整理してあった

母が大切にしていた小さい庭は
今　柿の葉がつややかに光っているが
雨が降るたび　雑草が増える
倒れる前は　体中が痛いと言いながら
毎日　草を抜いていたのだと知った

食卓のガラスの小瓶に挿す庭の花

水仙から　沈丁花　紫蘭　そして　山吹
時のうつろいに沿って
すこしずつ弱っていく母の傍らで精いっぱい咲いている

明日は施設に送る日
施設に戻る日はいつも言葉少なになる母
あと何回この小さな旅ができるだろう
ふたり並んで　陽の当たる庭を眺めている

永遠の風景

施設に入所した母の診察券をさがそうと
母の財布を開けた

お札やスーパーの会員カードと一緒に出てきたのは
私と妹の住所・電話番号を書いたメモ
私の娘の古い名刺
それから紙の切れ端に書いた地図
父にユニクロという店に行ってみたいといわれ
走り書きで書いた地図だった

まだ父がうちにいて
ふたりが車で買い物に行っていた頃のものだから
もうかれこれ十年以上は前のものなのに
とてもきれいに大切にしまわれていた
私は心からがさつな自分を恥じた

私には通り過ぎていく
日常のひとこまに過ぎない出来事が
母にとっては
失くしたくない思い出だったのだろうか

銀杏の葉が色づくにつれ季節が進み
輝く黄金色の葉は　やがて散り始める

家族の風景は
時がたち
ひとは入れ替わりながらも続いていく
けれど
父がいて母がいて
私と妹がいて
あの温かな家族の団欒はやはり
永遠の風景だと思う

栗ごはん

会うたび
母は無口になっていく

一年前の帰宅日では
家族の思い出を話したり
一緒に実家の庭を眺めたりして
ゆったりした会話の時間をすごしていたのに

母は立派な主婦だった

実家はいつも掃除が行き届き整頓され
食事は栄養を考えた手の込んだものだった
おやつはマドレーヌやクッキーを焼いたり
毎朝のパンも母の手作りだった
家計簿は結婚以来、何十年とつけ続け
自分に厳しく　私にも厳しい母だった

思春期のころ
私はそんな母を窮屈に思い始め
なんとなく避けるようになっていた
話しても分かってもらえない人と決めつけてしまったのだ
時が流れても、ずっとその思いは残り
母と二人きりでしみじみ話すことはなかった

二年前の夏
なんだか胸騒ぎがして実家を訪れると
母は倒れていた
熱中症だった
救急車を待ちながら
私は　初めて母を　心からかわいそうに思い
後悔した
頼りきっていた父が入院して九年　母はどんなに心細かったことだろう

母は三か月で退院したが
結局　施設に入所することになった
せめて月一度の二泊三日の帰宅日だけは
喜ぶことはなんでもしてあげたいと思うようになった

何が食べたいか聞くと、母は決まって、「お寿司」と答えていたが
それも最近は三貫ほど食べると、お腹がふくれるようで
　もう寝てきていい？
甘いケーキやパンばかり好むようになり
この世の重荷は　下ろしてしまったようだ

いいのか悪いのか
柔和な表情を浮かべ
長い言葉はあまり話さず
私の話を聞いてばかりになった
三か月前に父が十一年の入院生活の後　亡くなってからはいっそう

　お父さんほんまに亡くなったん？
何度も尋ねるので

お葬式したでしょ　火葬場でみんなでお骨ひろったやん　と何度も答える

週末にはまた帰宅日がやってくる
今度はがんばって
栗ごはんを炊こう
母のふるさと　丹波の栗を買って

もう帰りなさい

三ツ島の鄙びた集落のお宮様
遠く病院から見ると　まるで小さな森のようだ
鳥居をくぐれば　一本の巨大な楠の樹
薫蓋樟《くんがいしょう》というそうだ
幹はうねうねと千年の瘤起をうねらせ
大きな枝を夏の炎天に突き上げ
こずえを四方に伸ばしている

やまたのおろち　などと形容したくなるのだけれど

見上げる無数の葉はさわさわと　慈しむように重なり揺れ
ずっと樹下に佇んでいると
守ってほしくなる

ひと月前　母が倒れた
甘えてきた　長い歳月
こんな日がくること　ずっと前からわかりながら
日々の煩雑を言訳に　深く考えないようにしてきた

何があっても　どんなことがあっても
いつまでも傍らにいてくれると思いたがっていた
この楠は
千古の母のように　われわれ儚い人間の営みを見守ってきたのだろうか
葉がひとひら　ふたひら　次々と　舞い落ちてくる

千古の母のやさしい言葉のように

もう帰りなさい
ご飯つくらなあかんやろ
忙しいのに悪かったねえ
いいえ　いいえ　おかあさん
あなたに会うことより大切なことなんて　なんにもありません

薫蓋樟……門真市三島神社の樹齢千年樹高三十メートル幹囲十三メートルの大楠

ひのひかりと虹のきらめき

ひのひかり
虹のきらめき
どちらに致しましょう
お洒落な銀髪の婦人は　にっこり笑って尋ねた
願いをかなえてくれる魔法使いのように

（陽の光に燦燦と照らされる穏やかでゆったりとした日々
虹のように煌めく喜びやわくわくの驚きに満ちた人生
どちらも素敵でとても決められません）

どちらがおすすめでしょうか？　と私は問う
お客様のお好みによりますが
ひのひかりは　さっぱりとした甘みでなんにでも合います
虹のきらめきは　甘みとコシが強く食べごたえがあります

奈良の米の話なのであった
どちらも決めがたく
両方　少しずつ購入すると
生産者であるという老婦人は
玄米を丁寧に精米してくれた

さて今日は母の帰宅日
冬のめずらしく暖かな日曜日は

硝子越しの午後の陽ざしがやさしく春めいて心地よい
うつらうつらしてばかりの母とのささやかな夕餉
どちらの米を炊いてみようか
私はもう決めている

Ⅲ

ミニムーン

――アリゾナ州レモン山の望遠鏡が直径3メートルほどの小惑星を発見したと発表した。地球の重力に捕らえられ3年ほど前から地球をまわる衛星になっていたらしい。ただ軌道が極めて不安定で数カ月後には再び遠くへ飛んで行ってしまうとみられる。

（朝日新聞デジタル２０２０年2月27日付による）

『星の王子さま』に登場する小惑星のような
ミニムーンが実際に存在するらしい
宇宙の無辺際の闇
寄る辺なくふらふらと漂っていた小さな惑星が

ある時　わが地球《ほし》に出会って
ちいさい子犬が優しい人にであったように
また孤独なひとが懐かしい恋人に出会ったかのように
はしゃいで
嬉しく周りを巡り
三年ほど傍らをついて歩いていたというのだ

寂しかったミニムーン
地球の重力に捕らえられ
初めて自分の居場所と安寧を手に入れたけれど
それもつかの間
地球の引力が足りなかったようで

もう行かなくちゃ

宇宙風が彗星の尾を曲げるくらい吹いているの

——詳しく分析したところ、現在は徐々に地球から遠ざかっていて、月の軌道より2倍以上遠い地点にいる。数カ月後には地球の重力から脱するとみられる。とはいえ、その後も地球の近くにはいて、約25年後に再び接近するらしい。（同）

万有引力とはひき合う孤独の力である　とうたった詩人がいた
きまぐれなミニムーン
二十五年後
きのう別れたみたいな顔をして無邪気にやってくるのだろうか
寂しくてたまらない　どこかの誰かみたいに

わたしの『星の王子さま』

――砂漠が美しいのは、
　どこかに井戸をかくしているからだよ（サン＝テグジュペリ・内藤濯訳）

小学校四年生のクリスマスに
父から贈られた岩波少年文庫の『星の王子さま』
どこか風変わりでかわいらしい挿絵に惹かれ
荒涼とした砂漠でやっと見つけた井戸の水の美味しさを想像した

次に会ったのは

高校二年生の英語テキストとして
辞書を引きながら読んだ『The Little Prince』
薔薇の傲慢と王子の自死としか思えない結末にいら立ち
なにより自分のことで頭がいっぱいだった

目に見えないものを心でとらえ
時間をかけて深めていくことの大切さを説く
愛のものがたり
と思うようになったのはずっとのちのこと
今なら
花の稚い虚栄心も
王子がどうして逃げてしまったのかも
わかるような気がする

ひとは愛されることばかり求め
ゆえに傷つけあう
でもそれはお互いがただひとりのひとであるから

小さい王子が
星々をさすらい　様々な出会いを経て
花と再会できたか　そして愛が再生したかはわからない
けれど誰の上にも
茫漠と砂粒のような時は降りつもり
砂丘は蜜色にうねって
かくされた泉は永遠にひかっている
取り返しのつかない哀しみが
普遍の物語の底に絶えず流れているとしても

Welwitschia mirabilis

ここはナミブ砂漠
アフリカ大陸の西南岸
赤茶けた砂丘が遥か千三百キロにわたって連なり
雨は一年に数日しか降らない

絶え間なく吹きつける海風は
地球最古の広大な砂漠を作り上げたと同時に
膨大な海霧を送り込む
わたしはその霧を吸って生きている

ウェルウィッチア・ミラビリスはわたしの学名である
生涯たった二枚の帯状の葉しかもたない
反対方向に伸びる一対の葉は　数年たつと葉先が擦り切れ　裂けてカラカラとの
たうつが
この二枚はもう生え替わることのないわたしの命の源である

ぎらぎら灼熱の陽に焼かれ
また明け方の強風に煽られ
たえず地形のかわる砂山に長い根を張り
二千年生きてきた

わたしの和名を教えようか
葉の形状を見て、二律背反　また　自家撞着などと当てようとする者もいるが

〈奇想天外〉がわたしの和名だ
大正時代の園芸家が名付けたそうだが　案外間延びしたところが気に入っている

ちりちりと葉先が痛む
乾ききった過去生のどこか　だれかと一度きりあったような
そんな砂漠の夢
風吹き荒れるナミブの岸は骸骨海岸《スケルトンコースト》と呼ばれている

海の底のみずうみ

紅海の底に
塩水溜り《ブラインプール》と呼ばれる海底湖があるという
塩分濃度による比重の大きさから　周りの海水とは決して混じりあわない
境界には寄せる岸辺があり
境水面は波立っている
海の底にもうひとつのみずうみが存在するように

古来より　その豊饒さゆえ
海は母に喩えられた

生命の起源は海に求められ
美の女神も海の泡から誕生した

ヒトのからだもまた海に由来する
その証拠に　赤い血も羊水も塩を含み
泣くとなみだや鼻水はしょっぱい
滔滔たる潮は
生態系や文明をはぐくみ
透明だったり深い藍色だったり煌めきながら時を流れる

人は皆　内奥の海に　懐かしい岸辺を持ち
うたかたの生のひととき
それは母であり　恋人である
月のうつくしい夜

私のみずうみは
しずかにさざめいている

おんな友だち

——思ひつつ寝ればや人の見えつらむ
夢と知りせば覚めざらましを　（小野小町・古今和歌集）

空に開かれたような白い家で
そのひとはひとり暮らしている
夫を送り　母を送り
整然と片付けられた部屋は磨き上げられ
お気に入りの家具を少数置き
低くバッハが流れている

たまに訪れる私に
心のこもった手料理で精一杯もてなして下さる
凛とした年上のひと
彼女は油絵と詩を描いていて　折ふし私にみせてくれる

或る作品を見せてもらったとき
　私ね　このひとと結婚したかったの
私　中学三年生だったの　彼はずっと年の離れた先生でね
　でも母がとてもいやがったの
その後　相手の人はどうなったのだろう　と思いながら
穏やかな横顔の彼女に　それ以上訊けず
けれど何だかとても納得した

ひとは心の奥底に
花芯のように甘く哀しい想い出を秘め
そのひとを美しくするのではないか

ショートカットの
華奢な後ろ姿におもう
私は貴女のように歳を重ねられるだろうか
清潔で温かいひとよ

覚めてしまった夢のあと

身をしる雨

——かずかずに思ひ思はず問ひがたみ
　身をしる雨は降りぞまされる　（在原業平・伊勢物語）

外出もままならぬ
不穏の梅雨
降り続く雨に降りこめられ
雨音を聞きながら
古い物語を読んでいる

身をしる雨は激しく降るのか
それとも　しとしといつまでも降りつのるのか

去年訪れた奈良の山辺の紫陽花寺は
今年　白いつぼみのうちに花を刈り取ったという

身をしる雨　しとどに濡れて
濡れそぼち
想いの翼　あはぬまま　すれ違い
ぐっしょりと雫垂らし

身をしるのは雨なのか
おんななのか

紫と濃緑のむこうの
永遠の片恋

しるか　しらぬか
身のほどしらずの雨
ふりぞまされる

待つということ

——やすらはで寝なましものを　小夜ふけて
　かたぶくまでの月を見しかな　（赤染衛門・後拾遺集）

待つのは好き
と言ったことがある
なかなかあえないひと
わくわくしながら
待っている時間はショコラのようにあまく
シナモンのようにほろ苦かった

待つことは夢を見ることに似ている
会ったときの笑顔
話し声　しぐさ
まどろみのなかの夢は
まぶたの奥の記憶のうす紅

今ではもう
会っていた時と
待っていた時間
どちらが好きだったのかわからない

ただ　夢のようなまどろみから醒め
月の最後の光が頬にふれたとき

おんなはそっと微笑んだのではないか
来なかったひと
そして

朝はもう近い

雪

——君かへす朝の舗石さくさくと
　雪よ林檎の香のごとくふれ　（北原白秋・桐の花）

がらりの戸を引くと
路地は真白に染まっていた
朝の空気はつめたくて
いっそ心地よいのか　哀しいのかわからない

昨日のことは忘れたように
ショールをふわりまとって
さよならと歩みゆく君が好きだ
唇の紅がほんのり香って

やがて
僕のこころに降りつもる
甘やかな花びらのような
雪

葉桜の夕暮れ

あっという間に過ぎ去った桜花
若葉は　清々と風に揺れ
柔らかな緑が瞳を照らす

凛と咲く花みずき
夢をくすぐる藤
会いに行けないうちに花の季節は終わり
陽ざしは少しずつ明るく強くなる

そんな日の夕暮れは
哀しいような
ほっとしたような
過ぎゆくものを懐かしむような
どこか不思議な気持ちに浸って
いつまでも暮れそうにない

いつもより鮮やかな茜雲
窓外に
大きく広がっているのを想いながら
夕餉の魚を焼き、サラダを作って
待っている
帰ってくるひと

天に星

――天にありては星　地にありては花　人にありては愛
是れ世に美はしきもの、最ならずや（高山樗牛）

港の祭りにはね
大漁旗が色とりどりにはためいて
それはそれは立派なもんでしたんです
私ら娘はみんなお正月よりええ着物着て
ほんまお粧《めか》ししていったんですわ

どこの神社のお祭りですか?と尋ねても
思い出しながらとつとつと語る
九十二歳の患者さんは耳が遠く　応えはない

けれど目を閉じると見えるような気がする
今よりもずっと深く青い空　潮の香　舳先に寄せる白い波
たくましい漁師たちと祭りのかけ声
娘たちのおずおずと優しいさんざめき

クリニックの受付に座っていると
多くのひとびとと束の間　出会い
そして通り過ぎていく

ひとは皆　それぞれの長い人生の物語をもち
時に戦争や災害に翻弄されながらも
幸不幸を綯い交ぜに
平凡な毎日を積み重ねてゆく

私たちの物語が
いずれ終わろうとも
時は　五月
万緑照り映え
見なれた街路樹でさえいのちに満ち輝いている

金の星・註

おんな友だち　［94頁］

思ひつつ寝《ぬ》ればや人の見えつらむ夢と知りせば覚《さ》めざらましを

（「古今和歌集」巻第十二・小野小町）

あなたのことをおもいながら寝たので、お姿が夢にみえたのでしょう。これが夢とわかっていたら、覚めないでいてくれたらよいのに、とおもいますよ。

（『新編古典文学全集12・伊勢物語』小学館より）

身をしる雨　［98頁］

かずかずに思ひ思はず問ひがたみ身をしる雨は降りぞまされる

（「古今和歌集」巻第十四／「伊勢物語」百七・在原業平）

心底から思ってくださるのか、思ってくださらないのか、あれやこれやとたずねがとうございますので、お言葉ではわかりませんが、わが身の思われようのわかるこの雨は、わたくしの涙と同じこと、どんどん降りつのっておりますよ。

（『日本古典文学全集8・伊勢物語』小学館より）

待つということ〔102頁〕

やすらはで寝なましものを小夜ふけてかたぶくまでの月を見しかな

（「後拾遺集」恋・赤染衛門）

ためらうことなく寝てしまえばよかったのに、あなたをお待ちして、夜更けて西の空に傾くまで月を見ていました。

（『新日本古典文学大系8・後拾遺和歌集』岩波書店より）

著者略歴

鷹森由香（たかもり　ゆか）
本名　玉森ゆかり

日本現代詩人会会員
詩誌「アリゼ」同人
第32回国民文化祭なら2017現代詩の祭典課題詩部門において「ランチュウ」で日本現代詩人会会長賞受賞
2019年　第一詩集『傍らのひと』（ふらんす堂）

現住所
〒565-0836　大阪府吹田市佐井寺4-16-1
玉森方

発　行　二〇二四年一〇月二三日初版発行
著　者　鷹森由香
発行人　山岡喜美子
発行所　ふらんす堂
〒182-0002　東京都調布市仙川町一―一五―三八―二F
TEL（〇三）三三二六―九〇六一　FAX（〇三）三三二六―六九一九

詩集　金の星

ホームページ　https://furansudo.com/　E-mail　info@furansudo.com
装　丁　和　兎
印　刷　日本ハイコム㈱
製　本　㈱松岳社
定　価＝本体二五〇〇円＋税
ISBN978-4-7814-1700-4 C0092 ¥2500E